歌集

遊牧民《ノマド》の如く

豊田育子

現代短歌社

序
歌集『遊牧民の如く』の拓く世界

雁部貞夫

豊田育子氏の歌集『遊牧民《ノマド》の如く』は近来稀にみる西域歌集である。勿論、西域だけがテーマではなく、日常生活の哀歓を歌った秀作も多いが、何より強い印象を受けるのは、終始この作者が人生の中途で出会った中国大陸、特に辺境の地で幾度となく、余人では得がたい旅の経験を積む中で生まれた作品集であることだ。

東京の公立中学校の教師としてキャリアを重ねたのち、作者は中国の幾つかの大学で日本語を教えた。ある時期は夫君ともども中国各地での生活を体験したのである。

元々、豊田氏は東京女子大学に学び、アララギの先進歌人としても知られる藤森朋夫教授（万葉学）に作歌と学問を学んだ人である。

その傍ら書道にもいそしみ、今や書の世界ですでに一家を成した人でもある。そのため、短歌は余技としていた時期もあったように思われる。しかし、この十年余り、彼女の作品は所属する歌誌「新アララギ」や「林泉」でも年を追って、魅力的な作品世界を現出し、「新アララギ」創刊時から、作品の選に当っている私も、月々送られてくる歌稿を読むのが楽しみであった。

豊田氏の作品が如何なるものか、それを示すに丁度よい例がある。今年の始めに私は歌誌「林泉」（鈴江幸太郎創刊）作品の選評として豊田氏の作品について、かなり詳しく記したことがある。その文章を参考のために引用したい。

「　墨痕の滲み足りぬと師の立ちて荒らだつ声の身にぞこたふる
　何のはづみわれの心の苛立つに手習ふ子らをにくむことあり
　よはひ八十今朝は決めたり水墨の筆の幾本求めに行かむ
　古き墨磨れば思はるこの位置に常坐りゐし父のまなざし

はじめの歌。作者はすでに書家として一流の域に達した人、しかし上には上がいる。厳しい先達の一声が、忘れかかった初心の頃に自分を引き戻してくれるのだ。二首目、「手習ふ子らをにくむ」と尋常ではない表現だが、これも又、作者の真実の心の表白と見る。新アララギの選をしている時など、私もこうした心理に陥ること、なしとしない。いわく言い難いのだが。

三首目、八十歳にして、これまでの境地に安住せず、新たな転機を求める決意の表われをかく詠んだ。そしてさいごの作。作中の古墨は「父」なる人の遺愛の品か。この方は作者の生家である東京江戸川の古刹の住職をされていた方だ。作者の母は、アララギ以来の最高齢の女流歌人だった羽生瑞枝さん（一〇四歳）で、羽生さんの妹数人もすべて歌を詠み、百歳前後までの高齢を全うされた。

東京女子大で藤森教授に鍛えられて以来、潜在していた作歌力がここ数年豊かに結実し続けていると思われる」。

右に引用した作品でも十分にこの作者の表現力の高さは理解されようが、折角なのでここでしばらく西域に関わる作品を挙げてみたい。

その中には私に関する作も入っているようだ。

屋根型の石板の墓誌に「井真成《せい》」と篆書に遺る日本人の名（遣唐使の墓誌）

銀色の駱駝が金の駱駝咬む楼蘭壁画のいろ鮮けく

麦積山石窟の中の伎楽天並ぶ天女は琵琶かき鳴らす

混沌の世を抜け出でて君は行くヒマラヤの大気胸に吸ふとて

崑崙を越えゆきし人の歌集読むあの砂漠この竜巻なつかしきもの

雪抱くボゴタの峰は遥けしや天池に映る白き山稜（喀什《カシュガル》はるかに）

羊売りの老より一頭の羊買ふ羊屠るもその老なりき

われはハザクわれはタジクと誇らかに種族を名乗る回紇《ウイグル》の青年

タリバンの棲む雪山の美しもアッラーはなにキリストはなに

右の諸作品を一読すれば、この作者が何故歌集の題名を『遊牧民《ノマド》の如く』と命名したかがよくわかる。もはや余計な言を要しまい。

中央アジアの遊牧民は勝手気ままに動き、出発地へ戻らないというわけではない。彼らは一年のサイクルで羊に草を与えるために、夏と冬の宿営地を定め、その間を「遊牧」するのである。遊牧の毎日は、日が昇ると共に起き、日の没するまで羊と共に高地の草原で過す。その繰り返しである。天地自然の悠久と共に生きる暮らし、それは現在でもモンゴルやチベットの高地、さらに西域や中近東の各地で見られる。文明病の感染を恐れる人々がそうした地へ憧れを持つのは当然であろう。

近代の中央アジアの探検家は「西域遺室」と呼ばれる文物をおびただしく文明諸国へもたらした。スタインやヘデインさらに大谷探検隊が「楼蘭」から将来した文物の中には木簡、布のほかに「楼蘭残紙」と呼ばれる三世紀から六世紀にかけての紙にさまざまな書体の文字で記された文書が豊富に存在する。

それらの文字は、古くは日本では中村不折が蒐集、研究し、今では多くの書道家が自作の作品にその書法を採り入れている。そのことをうら付ける作品も、この歌集に多く見られるのは興味深い。西域の故地は、また書法の故郷とも言いうるのである。

西欧の古い絵地図を見ると現在のトルキスタン（西域の別称）から東へはるかにロシアの沿海州へ及ぶ広い範囲をタータリイ（Tartary）と記している。漢字ではこれを「韃靼」（ダッタン）と記す。

ところで、戦前の詩人は大陸への憧れを、次のような有名な短詩で表現している。

《韃靼海峡を一匹のてふてふがわたつていつた》（安西冬衛）

しかし、その数十年後の今日、現実に中国大陸や西域の辺境を旅して来た者の眼には、このイメージはいかにも、あえかで可憐に過ぎる。

豊田女史の今回の歌集が拓いた世界は、もっとダイナミックで活きいきとしている。彼女の大陸詠が、今後いかなる展開を見せるのか、私はその日の到来が早からんことを鶴首して俟とう。

平成二十六年八月十三日
東京阿佐ヶ谷にて記す

雁部貞夫

目次

序　歌集『遊牧民の如く』の拓く世界　雁部貞夫

Ⅰ

一管の筆　一七
天山の雪㈠　一九
天山の雪㈡　二三
金沙江へ　二六
雲南、四川　三〇
泰山の石㈠　三三

泰山の石(二)　三七
女文字　四〇
敦煌と楼蘭　四四
遣唐使の墓誌　四八
喀什はるかに　五一
得度　五六
長春　五九
広州　六二

Ⅱ

江東歳時記　六七
大津波　六九
暗号兵きみ　七二

遊牧民の如く　七七
チベットの男　八一
父よ母よ　八五
瑞穂橋　九二
一刀一筆　九六
立腹帳　一〇〇
今よ今　一〇三
ベトナムの少年　一〇七

Ⅲ

新しき村（日向）　一一三
布石打つ　一一六
剣を鍬に変へよ　一二〇

風信帖（空海）　一二七
辺境は詩の原点　一三一
喪乱帖（王羲之）　一三四
山水画法　一三八
真摯に生きる　一四二
祖国日本　一四六
影向の松　一四九
民田の小茄子　一五三
一点一画　一五六
空海のみち　一六〇

あとがき　一六三
著者略歴　一六八

遊牧民《ノマド》の如く

I

一管の筆

一管の筆に託してわが思ひ「澄心」と書く年のはじめに

書き出だす「春眠」の文字の淡墨がま白き和紙に滲みてゆくも

西夏文字拓してゆけば白々と現はれてくる古代の祈り

竹簡に二千年経し墨のいろ人馬の数の文字の確かさ

手習ひの子らと契りを書き合へり獣医になると少女の短冊

天山の雪㈠

真白なるモスクのかたち浮き立つを西域の果ての秋天に見き

北固山にいま緋の幕の落とされて碑面しらじらと中空に映ゆ

深々と彫られしうたは「天の原」かな文字やさし日に照り反る

茅台酒に酔ひて呟く君の声「人生は夢の如し」か革命を生きて

蒼山の霧晴れゆけばヒマラヤへ続くひとすぢ光りてをりぬ

鳴沙山の砂丘の影を踏みゆけばわが足裏に風紋くづる

けふはこの砂山越えてオアシスの草に眠らむ今し夕映

千年の眠りに覚めて舞ひ出でよ飛天の像の虚空に満ちて

雪抱く天山の山脈逆しまに映す湖面のみどり怖るる

顔覆ひて一生を暮らす回教の女は行けり驢馬に揺られて

天山の雪(二)

雲南の青き山地を耕しつつ生くる老婆のすがた鋭し

豆腐売りの語尾ながくひく少年は己が声音をたのしむごとく

古き煉瓦崩れし戸口に半白の髪を束ねし翁出で来ぬ

魏の国の豊けき昔今に見す露座の仏のすがた悠々

魏の代なる詩文整然と刻まれし板碑の上にわが掌を重ぬ

見はるかす果てまで砂は重畳す古代于闐《うてん》の国は何処ぞ

ハザク族の子等眠りゐるパオの中カレーズ流るる地底の響き

褚遂良の筆あと凜と並びたり楷書三蔵経に春の日淡く

王羲之の文字刻さるる法帖の筆の流れをありありと見る

ああ白き木苺の花の咲く水辺寿山の郷に石拾ひたり

金沙江へ

幼きが乳飲み児背負ひ唐黍を売る甲高き客呼ばふ声

緋の帽の燃ゆるばかりぞ布依族の娘ら集ふ瀑布の前に

大瀑布のしぶきをからくも逃れつつ飛びゆく一羽雲南の鳥

裸身にてゆふべ水牛を洗ひゐる老びと一人沼の濁りに

トンパ文字色あざやかに描かれて看板たのし麗江古街

蛇行する金沙江に沿ひ黒きもの濁流を行く水牛いくつ

一面の向日葵の野やミャンマーの風に吹かれてただ立ちてをり

この流れメコンに続くと白族の包さん指さす洱海の彼方

夕暮るる昆明のみち撒尼《サニ》族の藍を腰に巻き少女ら行き交ふ

藍染めに指染めてゐる白族の娘らに混じりて糸括りみる

雲南、四川

トンパ教信ずる村に象形の文字は残れり看板あまた

麗江の裏道の壁きれぎれにトンパの文字か落書のあり

飾りなき藍ひと色の絞り着て基諾《ジノー》族の娘ら木蔭に憩ふ

楽の音に男女呼び合ふ歌垣の記紀のルーツはここ雲南に

唐黍を売る布依族の母の傍に赤子背負へる幼も坐る

流沙の国尋ね来りて黙したる青銅の仮面と今し真向ふ

壺抱く埴輪は眼閉ぢしまま四川平野の風に吹かるる

歳月の風が研ぎたる青銅の王の眼にするどき翳り

訛り強き広東語の渦の中に日本語教ふと夫は旅立つ

日本軍の壊せる窟と指さしし洞に夕陽の射すも切なし

泰山の石㈠

矢絣の模様に似たるシルク織るホータン織り子の瞳大きく

碑を尋ね遠く来たりて泰山の摩崖ふり仰ぐ魏の文字見むと

剝落を免れし摩崖のひとところわれの学びし隷書見出す

大明寺の池に咲き満つる睡蓮の白きが揺らぐ風過ぐる間に

「赤壁賦」の全文を見む何紹基の筆勢の妙今しわが前

泰山の崖いちめんに咲く花の海棠白し今盛りなる

儒家の書を塗り込めし壁に三百年「焚書の令」を今に伝へて

孔子廟のめぐりの丘に草覆ふ孔一族の墓石累々

玄宗皇帝の文字刻されし泰山の石に勢ふ彫りあとを撫づ

泰山の石㈡

累々と殉馬の骨は並びたり青州の土に六百のいのち

古拙なる鉛釉のいろもひび割れて陶俑の丘の姿数へ難し

肩少しずらして立てる女子俑の頬ふくよかに唐を偲ばす

魯の土を駆け抜けし駿馬の足長く出土のままに並びてをりぬ

野の上にぽつりと石は置かれたり葬るは誰ぞ暗みくる大地

首垂れて脛噛むポーズの三彩馬唐の彫り師の気迫は籠る

陶は光りくわつと見開く三彩のまなこは空を見定めゐたり

首欠けし女人の像に触れてみるあはれインドの石のつめたさ

隆起せる乳房に数珠の流れ落つインド菩薩の石白々と

ひび割れしガンダーラの像の傷あとにたまるインドの赤き真砂は

女文字

湖南省に伝はるといふ女文字今捜されて読み解かれゆく

「高銀仙」と名のる老女に巡り会ふ婦女文字はこの唇より読まれゆく

歌ふ如くに婦女文字の手紙読みてゆく老女の声は韻ふみてをり

女文字の詞よみゆけば民族の抑圧に耐へし哀しみ伝ふ

今に遺る江永県の女文字七百あまり絵画のごとく

母系の民瑶族《ヨウゾク》のなかに伝はりし婦女文字は日本のカタカナに似る

丘の斜面に煉瓦を積みし影伸ばし葡萄干し場の小屋は続けり

莫高窟の錠開ける音にわが胸の昂ぶりてくる飛天の窟ぞ

一木もなき地平なり沙の波に立てば命の尊くもある

向日葵を倒して煉瓦積みながらトルファン少年家つくりゐる

敦煌と楼蘭

驢の車ゆく炎天の砂けむりトルファン故城の空覆ふまで

砂漠のうへ歩み歩みて新疆よりパキスタンへの遥かひとすぢ

敦煌の漢簡並ぶに隣り合ふ探検家スタインのペンの筆跡

スタインの探検記録ここに見る「急就篇」の第十四章

首欠けしガンダーラの坐像の護符入れに鳥と人とが交互に彫らる

ヤクシャ像の菩薩の仏は立ちませり裸像に漲る筋力見せて

流沙踏みし旅思ひ出づ天山の水のほとりの画像に見入る

大量の原色壁画発見と「楼蘭」の記事昂ぶりて読む

ササン朝ペルシャのグラス抱へたる木乃伊《ミイラ》は眠る楼蘭の墓に

盗掘に叩き割られし木棺のかたへに幼児の木乃伊《ミイラ》が遺る

遣唐使の墓誌

胡楊樹を用ゐし木棺に描かれし葡萄唐草の流るる線条

銀色の駱駝が金の駱駝咬む楼蘭壁画のいろ鮮けく

麦積山石窟の中の伎楽天並ぶ天女は琵琶かき鳴らす

阿弥陀経断簡一枚鮮やかに彩色遺る蓮華の朱も

帛に書かれし陰陽五行のひとところ千切れし空白謎めきてをり

混沌の世を抜け出でて君は行くヒマラヤの大気胸に吸ふとて

石棺はかくも小さき白々と殷墟出土の貴人何びと

遣唐使墓誌は楷書に整然と彫られてゐたり西安の地に

屋根型の石板の墓誌に「井《せい》真成」と篆書に遺る日本人の名

西安に発見されし墓誌の一面空白個所の謎解きてみむ

喀什《カシユガル》はるかに

崑崙を越えゆきし人の歌集読むあの砂漠この竜巻なつかしきもの

われの名を書きしプラカード立てて待つ楊さんと会ひしはこの酒泉駅

蜃気楼ゆらぐが中に見ゆるもの玉門関の小さきかたち

雪抱くボゴタの峰は遥けしや天池に映る白き山稜

砂漠の風に吹かれて立てば思はずも「陽関」の詩を吟じてをりぬ

ウイグルの少女ら集ひ刺繡せりその帽子欲しとひとつ求めぬ

羊売りの老より一頭の羊買ふ羊屠るもその老なりき

われはハザクわれはタジクと誇らかに種族を名乗る回紇《ウイグル》の青年

タリバンの棲む雪山の美しもアッラーはなにキリストはなに

カシュガルに求めし銀の薬缶より注ぐ湯つつまし儀式のごとく

荷車のろばに鞭打つカシュガルの少年の声ふと思ひ出づ

暮れなづむホータンの街は砂の中崑崙の山なみ残してくらし

土器のかけら散らばふを掌に載せてみつトルファン故城の砂のぬくもり

得度

護国寺に得度受けむと初夏の朝登りゆく石のきざはし

白衣纏ひ九十余名の女人並ぶ護国寺本堂の畳冷たく

蠟燭の点る天井揺らめきて伽藍の絵図のほのかに見ゆる

戒律を保つや否やと問ふ僧にわれよく保つと唱和して答ふ

静もれる堂の半ばに進みゆき剃髪の儀を受く白衣のわれは

朗々と証明阿闍梨の呼びてゆくわが法名の堂に響くも

印契を結びて秘法説く僧にかしづくわれはいま緇衣《しえ》のひと

長春

空を刺すポプラ並木をくぐり抜け果てなき土の風に吹かるる

点前するわれを囲みて中国の学生黙す一期の契り

日本語のわがこゑ真似ぶモンゴルの少女のまなこと頷き合ひぬ

掌に受くる雪の結晶六角が瞬時に消ゆる滴となりて

手を打ちてウィグル民謡踊り出す若きらの声の唱ふに合はす

五毛《ウーマオ》の香菜を買ふ朝の市ひと束つかむ濡れしみどりを

天秤を撓はせてゆく若者の籠の中には犇めく白鵞

蘇東坡の坐りしと伝ふ土の上花塔のまへにわれも坐りぬ

広州

広州に降り立てばじんわりと蒸し暑きこの湿度さへなつかしきもの

孫文の像に集まる若者とこの学園に語りし日遥か

ちぎれるほど手を振りてゐる学生ら遠くさ霧に隠れてしまふ

日本語を教へし王さんよりメール来る北京放送特派員なりと

中国の青年をまへに「雨ニモマケズ」語るわが身は思ひみざりき

Ⅱ

江東歳時記

川が流れ銭湯がある下町を波郷は撮りしモノクロームに

下町の風物撮りて句を重ぬ「江東歳時記」波郷の世界

波郷の句を色紙に読めば落款の「波」の篆書の雅なかたち

写真展「波郷の愛した下町」のシャッターの余韻に暫し立ちゐる

スナップは今来た道をふと曲り肩和らげて撮れよ素早く

大津波

大津波に逃げて彷徨ふ人のむれ磐城のやまに集まりにけり

街のすべて攫《さら》ひてゆきし大津波五階のビルをひとつ残して

夏来なばわが遊びたる磐城のうみ津波に呑まれし君の家はも

揺りかへす余震を怖れ丘の上に老母抱き一夜を明かすと

命拾ふと言ふがかなしも家流されし磐城の君よこころを靭《つよ》く

地震国日本の上にゆらゆらと原子の剣《つるぎ》つり下がるごと

負ける勿れ母攫《さら》ひたる海に向かひトランペットを少女子よ吹け

余震ありみちのくの桃熟れながら地に落つる刻待たねばならず

原子力の危ふさ知つてた学者たち人は過ち繰り返しゆく

山は崩れ道路寸断家も車も倒れ壊れしこれが磐城か

暗号兵きみ

文明にうた贈られて征く君を護りしは十二首の歌かも知れず

暗号を解く兵の日々罪人のごとく呟く君にてありし

新聞の報道よりも生なまし宮地伸一戦地のうたは

シベリアの野に芽吹き立つみどりさへ吐息のごとく詠み給ひたり

匍匐せる枯草の中に出会ひたる雉と寄せ合ふ生けるいのちを

みんなみの島の玉砕震へつつ打たねばならぬ暗号兵は

ひとつ天に南十字と北斗とを仰ぎし人の羨しかりけり

「あれが木星」と指さし給ふ宮地先生北満の空に見しは七十年前とぞ

古代語のひとつにさへもこだはりて板書し給ふこゑ忘れ得ず

星座好む宮地先生今日よりは雲のあはひに瞬く星か

「赤光」の茂吉のうたにこまごまと記せる「節」の評は厳しも

「赤光」に長塚節書き入れの評語全文君は写しき

その父と並ぶ少年茂吉の写真太き毛筆握りしめゐつ

古稀までに一万四千首詠みしといふ茂吉の滾る力を思へ

遊牧民《ノマド》の如く

蒙古《モンゴル》に出土の骨を見つつゐてわが血の流れ遊牧民《ノマド》と思ふ

地の星に生まれて四人の子を産みて今日の望月ひとり仰ぐも

アイシャドウ濃き孫の手にするすると二十世紀の梨剝かれゆく

秋日浴びてとかげの鱗しろがねに藍に緑に変はりてゆきぬ

さつちゃんが機銃掃射を浴びし日の驚愕いまも脳裡を去らず

焼夷弾に逃げまどひし日よ少女期を過ごしたる街千住末広町

日本は戦争したのかしないのか十二月八日の報道少なし

中支にてかく撃ちぬかれたると腕の傷見せくれしひと今日逝きませり

戦場にてロバート・キャパも使ひしよ銀盤フィルム「コダック」破綻す

鉄かぎにまぐろの頭曳かれゆき板滑りゆく氷飛ばして

青光る鰯ひとつの腸《はらわた》を裂くに黒ぐろ海恋ふるいろ

チベットの男

煙霧より現はれ来たるチベットの白馬に跨り男過ぎたり

高原に風吹き過ぎて現るるチャンタンの峰北壁の雪

巨大なる斧にて断ちし如くにも祁連《きれん》の峰の氷雪光る

天空に白きカイラス浮かびたり小さきフレームに納め難しも

ラサ大橋渡りて北に二里あまり鳥葬場ありセラ寺もあり

死後のこと問へば直ちに天葬とラサの女は笑ひて答ふ

無名の民が染めて紡ぎて纏ひたるインドの布のやはらきかな

思想まで更紗に刺して織りなすはインドをみなの吐息の色か

韃靼より千里を戻る渡り蝶アサギマダラにけふは逢ひたり

砂糖黍の茎絞りては汁を売る少女の髪は汗に濡れつつ

父よ母よ

竹槍にはなるな沖縄島の竹ざわざわ激しくその葉を揺らす

貰ひ乳に虚弱のわれを育てたる親のかなしみ知らず過ぎ来し

父とわれ長谷寺にて撮りし一枚の写真とり出だすけふの命日

この縁の日の射す中に父は坐り筆もつわれを見据ゑてをりし

筆あとは心そのままが現るると父言ひ呉れし声耳にあり

健やけき日の父恋し山門の棟札を書くその文字太き

「この国を頼むと渡す卒園書」羽生瑞枝の遺せる一句

まなこ弱き父の傍へに音読の母の声ありき歌ふごとくに

文明先生の言葉こまごま書き込みしインクは滲む母の手帳に

アララギに欠詠はせぬと言ひし母百四歳の作歌帳あり

「文明」の百歳天寿を目当てとし母は四歳「文明」を超えき

母の文箱の底にありしはアララギのサイン帳なり「文明」の名も

アララギの掲載歌みな書かれたる母の豆文字和綴にびつしり

ダンボールにマジックの文字「育子へ」と「阿羅々木」復刻二十三冊

寺に生まれ寺を護りし母はふと英語で讃美歌唄ひてをりき

幼な児を失ひしこと百年の母の一生に翳りをおとす

向き合ふて白桃食みし母よ母　蜜の滴り啜る音はも

母宛のわがエアメール唐草の紐に括られ箪笥にありぬ

彼岸入り母よそちらも春ですか石に注ぎし水の光れる

ペンネーム湯浅瑞枝の母の詩が「かなりや」六号に載りてをりたり

瑞穂橋

少年が教師を刺すと唐突のニュース電光板に文字濡れてゐる

少年も教師もかなし青葉闇狂ひ始めた絆なにゆゑ

「白き馬」のかの歌ひとつ書かむかな紙に向かへば筆動きゆく

驢馬のうた「崑崙行」より一首得て万葉仮名の書作に挑む

「虹が出てゐる二重の虹だよ」それのみにわが携帯の電話は切れぬ

江戸川のまうへに虹の橋懸る水門跨ぎて二重の虹が

瑞穂橋に立てば満ちくる潮のにほひ生れし寺見ゆ夕暮れの町に

天山は真夏も雪が降るといふ李白の詩句をふと思ひ出づ

カンボジアの地雷を踏んだらサヨウナラ報道写真家叫ぶがごとく

望遠レンズの彼方に塔の先把らふ一ノ瀬泰造最期の写真

クレバスに日本人ひとりが落ちたりと衛星ニュース深夜哀しき

一刀一筆

束の間の命を束の間美しくこの世斬りゆく一刀一筆

古墨のいろ料紙に滲む筆のあと新しき世に何を問ふかや

北斎の「波」に呑まれし夢に覚む上野の森を歩み疲れて

幾度かの書架の整理に残りたる「女の一生」今日は捨てむか

「煩悶記」華厳の滝にありし遺書古本まつりに並びてゐたり

氷上にピンクのフリル回転すひよつこり天女の胡旋舞かとも

画布立てて君は飛沫を描きゐる仁右衛門島に向きて黙々

初つばめわが庭のうへ掠めゆき一筆書きに戻りてくるも

さくら狩り右は地獄へ行くさうな身延の立札倒れてをりぬ

「し」の文字を興に乗せては伸ばす癖一茶の筆あと楽しきリズム

フェルメール描く女が窓辺にて手紙読みてをり光の中に

立腹帳

叩く突く締める刺す剝く削ぐ切ると厨のことば恐しきかな

捕はれし秋元不死男特高に曳かるるさまも俳句に遺す

「菊折れる」一語のあれば捕へらる「京大俳句」を検挙の非道

濃墨にて「身捨つるほどの祖国はありや」修司のうたを一気に書きぬ

「女」といふ文字は象形甲骨も金文もみな女体のかたち

ダリ描く歪みし時計の絵の前に如何なる不安を人は抱ふる

古稀過ぎしわれのノートは二冊なり愉しき帳と立腹帳と

縄電車コスモス駅は通過です園外保育の黄帽子がゆく

今よ今

月白や母の昔に逢へさうな土手に幾たび歩みて戻る

風の音聞きに来たのさ枯れ蓮《はちす》不忍池に書展の帰り

拾ひたる猫は陽あたる縁側にひねもす夫の碁を打つところ

受話器もちていきいき話す夫のこゑ次第に高し碁仇らしき

唐突に逢ひたく候ふ草野原かぜ吹く中にただ立ちてをり

今よ今消えゆくものを捕へつつ刻を逃さずレンズを絞る

カメラ・アイ定めて被写体狙ふとき微かにずらす呼吸の潜む

夕風をよろこぶをとこ先を行く山の傾《なだ》りに落暉見ゆると

青葉闇歩めば罠のあるやうな派兵延長可決されたり

年寄りのやうにがさがさ探すなよこの世のものはやがて消えるさ

ベトナムの少年

流暢な徐さんの日本語重慶の空爆語るときにはげしく

虚実呑むその境界も混ぜながら濁流長江に船進みゆく

「ありがたう」はカムオですよとベトナムの少年笑まひてわれに教へぬ

「シニジアオ《こんにちは》」と少年の声する月末の集金の日をわれは待ちをり

今し打つ将棋の駒は宙を斬る気魄逃さぬシャッターの音

棋士のうしろ屏風の文字は草書にて山が噛ふと李白の詩あり

和紙のうへに波の写真を取り込みてそのうへに書く木簡の文字

刻は逝く寺山修司の詩のやうに幸せはいますぐ摑まねば

何好むかと聞く間もなくて逝きし君にアラスカの鱒供ふるばかり

「おい」と言ふわが名もありぬ狭庭より火星が見ゆると夫の声せり

Ⅲ

新しき村（日向）

「新しき村」の巡りは鹿遊《かなすみ》の山に日は照る若葉ふくれて

日向のおく実篤の旧居に今日は泊まる大正九年のガラス歪みて

トルストイの「ト」といふ活字にも動悸すと実篤の傾倒只事ならず

正面から対象描く実篤の画に側筆はなし卑俗に遠く

実篤の心に描きしユートピア峠より見る「村」はしづけき

若草の上に寝ころぶ子どもらは「大」もあり「人」もあり象形の文字

誌上にて会ふだけのひと今月の歌探し当てけふは安らぐ

テトラポッドのひとつひとつに鵜が止まる島の海原いや碧きなか

「開拓の子」と言はれし少年君はいま三原山頂の強き馬方

向山の見え渡る浜に「耕平」の碑はあり熔岩の砂に埋もれて

布石打つ

ホームの老を介護する娘があはあはと今日も語らふ生の断片

決めの一手棋士は扇を握りしめやがて開きて安堵の吐息

初めてのわが給与なる九千円遺されてあり母の簞笥に

托鉢の僧は坐りて携帯器にメール打ちをり銀座四丁目

残留孤児徐さんの記事が小さくありわが偽りの申請書思ふ

舌戦は嫌ひバターたつぷりに浅蜊蒸す匂ひの中に夕べの黙秘

布石打つ音に始まる春の朝夫八十歳の迷ひなき指

赤々と身ごと染まりて帰る児ら環七歩道橋夕映えの中を

己が個室欲しと思ひつつ子を育てその子巣立てば部屋持て余す

房総の田に白鳥が飛来せり百羽の群を見にゆかないか
剣を鍬に変へよ

同じき血流るる幼とわれの指を絡ませてゐる冬の日のなか

肺呼吸に人は億年生き継ぐかをさな児の息リズムを持てり

措辞ひとつ飽かず語らふ春遅日グラスの酒に少し酔ひつつ

装幀のうすむらさきはダルコットの氷河のいろか歌集を手にす

竹漉きの紙に書かれし酒のうた一字一字の靱《つよ》き筆あと

「春風やあなたの家まで来てしまふ」句に添ふる写真は銀座の柳

「父の日や父に背きし身を洗ふ」セピアの写真にわが句を書きぬ

「楼蘭」の詩文書きたる表具には天山南路の砂漠のいろか

正座して婚を告げくる末の子の真直の瞳にとまどふわれは

今日生れし汝を抱けばひいやりと瞳孔くろくこの世を映す

月といふ言葉ひとつを追ひかけぬ待宵無月十六夜の月

縁側に足を垂らして北浦の帆掛け船見き少女の記憶

北浦の岸辺に裸の少年が遠く見えたり今も泳ぐか

ハニホヘトイロハの唱歌に隠されし軍国の代の哀しきリズム

「怠け者」の歌詞は削られ勤勉の村の鍛冶屋の唱歌は遺る

祈るあり妊むかたちの土偶あり縄文の代も強きはをみな

さよならは「タム・ベイトです」とベトナムの青年はわれに握手を求む

流人の墓拓してゆけば雅仙紙に庚午事変の志士の名あらはる

モンゴルは「元」といふ国と得意顔に十歳の子は頻りに話す

剣を鍬に持ち換へてみよ世界の人よとマイケル・ジャクソン叫びて唄ふ

四十年前わが胎内にありし手が今妖怪の劇画描きをり

風信帖（空海）

成都の朝雨の上がりし街路ゆくああ幸せとはこれだけのもの

嘉陵江渡しの船の船頭の唄は狭霧に吸はれてゆきぬ

わが影が壁に伸びてるシャッターチャンスこの頃何故か影ばかり撮る

トルファンを写ししキャノンのレンズにて六三四のタワー業平に撮る

最澄に宛てし書簡の「風信帖」空海の筆にけふ会ひにゆく

「風信帖」空海の筆の行草体やがて渇筆とぎれるところ

絶筆の三句の八字は崩し文字変体仮名にて子規は書きたり

悲しみのうた書くときは青墨の滲みがよしと君は語りき

添削の言葉こまごま書き給ひし朱墨は滲む良寛の詩に

辺境は詩の原点

宋の代の絵巻は今し開かれぬ二十一世紀の風に吹かれて

四日間の書展を終へしこの夕べすすすすすと烏賊割きてゆく

「辺境は詩の原点」とボゴタに逝きし秋谷豊の記事を切り抜く

梓川の川原に降りて掌を浸す硯の如き石を拾ひて

大正池はかの日のままにセピア色山岳地図を展げしやうに

鹿島槍の霧は霽れゆく黒き稜線「文晁」に筆預けてみたし

をりをりの海隔てゐし便りにも「学べよ」とあり母の口癖

読みさしの本を枕にうたた寝の母思ひ出づ今日七回忌

榕樹の根絡み合ひつつ垂れてをり男《を》の子寄りたる幹のごとくに

地底より襲ふ激しき打楽器に踊る男の子は体軀を反らす

喪乱帖（王羲之）

金星がしづかに梢を動きゆく美しきかな天体力学

タイトルは「書を芸術にした男」王羲之神話を引き継ぐ千年

まぼろしの「淳化閣帖」原拓に皇帝印の犇めき捺さる

欲望はかく限りなし王羲之の蘭亭本に皇帝の印あまたあり

人間の毛髪よりも細き細き蘭亭の文字これもまた模写

「喪乱帖」の文字を読み解く春の宵いつしか雨の降り止むらしも

書の断簡犬養毅は宝蔵す「蘭亭」墨拓二十四センチ

はじめての出会ひとなりし赤倉の雪の起伏が日を照り反す

よはひ八十今朝は決めたり水墨の筆の幾本求めに行かむ

一滴の水が書になり絵を生むと実篤の詞を青墨に書く

山水画法

胡老師の山水画法を真似るときわが筆荒々と大胆になる

岩絵具溶く時にさへ詩を語る君の口振り思ひ出だしぬ

カシュガルの少女が呉れし石ひとつ暗きニュースにまた握りしむ

ひと筆に書けたよ見てよと甲高き幼の声は五七のリズム

インターネット開けば母が園児らに囲まれてゐる笑顔出でくる

日だまりの反古紙の中にいつとなく眠りて覚めぬ紙あたたかく

広東語に買ひし魚の鯖に似て濡れ手につかむ桶の中より

日本を脱出の際も郭沫若手元に顔真卿の書をば離さず

庭隅に置きて草の穂挿さむかな金継ぎしたる李朝の酒瓶

「戦ひは海から」映画のコマーシャル戦争放棄の日本といふ国

真摯に生きる

厨辺に蜘蛛の骸が乾きをり「虫」のすがたの象形文字に

乾きたる赤土に降る雨激し待ち待ちて吸ふか恋の如くに

こんなにも真摯に生きるひとがゐる雁部貞夫の歌集を閉ざす

ガラス器のまろきがままに流されて白き根は伸ぶ水のヒヤシンス

車ごと回転しつつ吸はれゆく地下駐車場のブラックホール

「麗江」と小さき記事あり納西《ナシ》族の老女ら山に追はれて暮らすと

ナシ族の絵文字調べゆく「美しい」は花の線画楽しきかたち

青き料紙に雲母《キラ》を摺り出す唐紙にリズミカルなり光悦の筆

「パリは雨」予報士の声流れくるかの日のパリも濡れて歩みき

出土せし小札《こざね》の鎧纏ひしは如何なる漢《をとこ》ぞ榛名のふもと

百歳を過ぎてピアノに向かふ叔母弾くはカチューシャ恋せよ乙女

祖国日本

水恋ふる印旛は真昼木の芽風父と来たりし少女の頃に

反骨に漲る筆勢一休禅師「諸悪莫作」と一行書きに

オホーツクのトッカリ船に迫り来る耀ふ流氷朝のひかりに

流氷のうへに海豹動きゐる尾白の鷲の飛びたつところ

鳥の眼にて描く絵師あり雲仙の俯瞰の地図に誘はれてをり

行徳の塩売りびとが塩かけし石の地蔵あり高架線の下

祖国といふことばは死語となりてゆく日本の書展に「祖国」と書きぬ

「井真成」唐土に果てし碑を読めば「祖国日本」と刻まれてあり

出生と死亡届が隣り合ふ窓口整理のカードをもらふ

影向《やうがう》の松

呼吸する如くに筆を使ひたし息ながながとひぐらしのこゑ

徐飛鴻の「天翔ける馬」走るさまふり立てし尾に墨の勢ふ

篆隷の唐詩の書作は平安の雅びのかなと競ひて並ぶ

ガウディの未完の塔をふり仰ぐバルセロナの空は碧き八月

山上憶良の歌碑を辿り読む対馬荒雄《あらを》の妻のかなしみ

老い母に痛み隠すや君の日々病得てより寡黙となりぬ

名利の影向の松見ゆるとて病室の窓に語りし君よ

あらがひて声立つる日も無き性の君の一生に香たてまつる

伊豆の海にをさなき従兄妹ら遊ばする君の体の逞しかりき

克明に修業のさまを記したる君の便りの毛筆細字

民田の小茄子

恋ひ来たる庄内平野に降る雨は広き刈田を濡らしてゐたり

文晁の描く墨の絵山里の雪積む道に歩むはひとり

羽黒山雨後の霊気に包まれて杉の木立に朝の日が射す

山伏の修験せしとふ道ゆけば千年杉に風通る音

素木造り柿葺三間の五層やさしみちのく最古の塔ふり仰ぐ

ゆるやかな水平線の傾斜弧を「海坂」と詠みし万葉びとは

浅塩に漬けし小茄子の歯ざはりは周平描く哀しき味覚

小茄子漬け「む、む、これは旨い」と周平が短篇に書きし民田の味か

広州に届くアララギに母のうたページに暫し南国《みんなみ》の風

誘へば母はたやすく筆を持ち空海の語を太々書きし

一点一画

十年前母の植ゑたる彼岸花白きが咲きぬすつくと三本

去りゆきし息子の部屋に風入れぬ便りなきこと詮なしとして

飴色になりても回る地球儀に行きたき国を押さへて停める

鳩に向きどうして鳥に生まれたのボクは四歳ニンゲンなんだ

母のうた読めば思はるうしろ見ることのなかりし生き来しすがた

いづくの国の孤児の描きし童画なりや里親たりし母と知りたり

一管の筆を絆に契り合ひし夢は現《うつつ》に三たびの書展

スマートフォン自在に使ふ子どもらに一点一画文字教へゆく

父となりし息子がその子に絵本読むこの平穏の続けこの国

空海のみち

唐国に大師の跡を恋ひ来たる八十一のたらちね連れて

遮るもの麦穂の他は何なくて青龍寺跡に碑のひとつ建つ

いつとなく素直になりて掌を合はす母と伊水の岸辺に立てば

この道を辿りてゆきし空海の遣唐船を語る夜よる

わが前に見据うる筆の跡自在今在る空海の書状三枚

兄・雅則
母・瑞枝　育子
一歳
父・成允　姉・恭子
祖母・しげ

千住の自宅庭にて
1935年（昭和10年）

喜久蔵
次女・亜紀子
長女・由紀子
長男・大
母・瑞枝80歳
次男・実
育子

白根山　万座スキー場にて　1981年
母　羽生瑞枝と　家族

桑高文彦　雁部貞夫　宮地伸一　友人　豊田育子

2000 年 8 月　「原石」吟行歌会　鞠子宿
（平成 12 年）

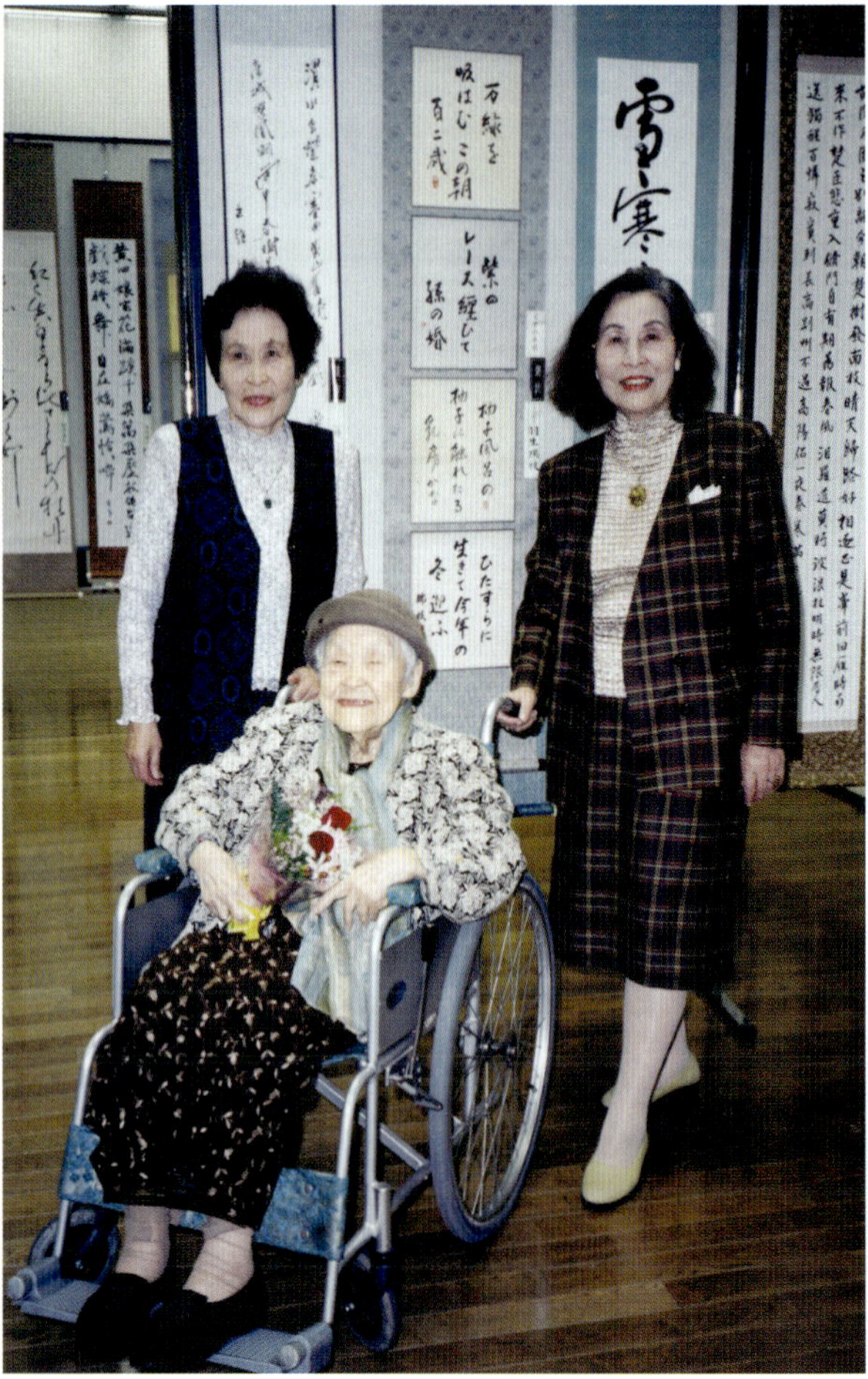

育子

母・瑞枝
102歳

姉・恭子

江戸川区書道展　船堀タワーホール
2004年11月（平成16年）

あとがき

父の使う硯は大きかった。私が傍らにいてゆるゆると磨った墨を父は筆に含ませて、塔婆に「《キヤカラバア》」と書いてゆく。ふしぎな文字の形が、生きているような穂先から描き出されることに少女の私は見とれていた。

真言宗の開祖お大師様は留学僧として遣唐使船に乗ったが、難破して岸に流れ着いた時には乞食同然の姿となってしまった。その時に書いた書状の文筆があまりに見事だったので、時の福州知事は早速長安に入京を許したというエピソードを父から聞いたこともある。後に、空海の嘆願書「性霊集巻四」（八〇四年入唐）を知り、その情理を尽くした堂々たる名筆名文の筆跡に出会い、謎が解けてゆくような思いだった。

第七高等女学校（現・都立小松川高校）に入学した教室で、黒板にチョークで書かれてゆく楷書文字の美しさに驚いた。担任の高橋正義先生は、上條信山門下の書家であった。斎藤茂吉側近の歌人藤森朋夫教授からは、大学の万葉講座で、「青丹よーし」と酔うように朗詠される講義を受けた。

中学校に勤務してから国語科書写の授業担当となり、わが身の力不足を感じ書道への入門を決め、日展審査員佐藤祐豪書塾に通い始めた。結婚し、四人の子等を育てながらも一管の筆の絆は続いているが、書の道を極める方向からは少し遠ざかり、私の半世紀をふり返ってみると書道というより、文字への思いが強い日々を過ごしてきたように思う。

中国雲南省麗江の街の看板に溢れる絵のようなトンパ文字。文字の使用を禁じられていた江永県の女性たちが密かに使っていた女文字。横画のリズムが隷書のような西夏文字。ヘディンの発掘した幻の都、楼蘭の残紙や木簡に書かれた漢字。ふしぎな文字に出会った時の感動から、その文字について調査してみたいと心を動かされる。調べてゆくうちに、ふと遠い時代から濾過されたように、さまざまの歴史に洗われて生き残る生命を思い、自分が何ものなのか問われる思いがする。

一昨年、平安京の藤原邸跡で最古級のひらがなが書かれた土器（九世紀後半）が出土した。仏教や中国語にも詳しかった貴族の権力者たちが集まって漢字が崩れてひらがなになる途中の「草仮名」を書いたと思われる。

そして昨年七月には、遊牧民の巨大碑文が発見された。八世紀中ごろのトルコ系遊牧民族「突厥《トッケツ》」の碑はウランバートルの南東四〇〇キロにある遺跡からのもので、大阪大学の大澤孝教授によれば、被葬者が故郷や部族との別れを惜しむ言葉「我が家よ、ああ」「我が土地よ、ああ」と解読したという。ユーラシアの遊牧民族で最も古くに独自の言語と文字を使っていた、その民族の残した突厥文字は、右から左に向かって読み書きするアラビア文字を単純化したような動きのある楽しい線質だ。草原を遊牧しながら移動する民族の、底知れない大地への思いに感動する。その心を〝ノマドの如く〟と歌集の題にした。

母（羽生瑞枝）は、百四歳まで新アララギに投稿を続けて詩歌をたのしんでいた。私は三十歳の頃、母から同人誌に誘われ一緒に短歌を投稿するようになった。始めは、アララギの高田浪吉門下の石川福之助主宰「真間」に、昭和四十二年からは「アララギ」へ、平成十一年から桑高文彦主宰「原石」へ入会して吟行会にも参加した。現在は「新アララギ」「林泉」への投稿を続けている。今年一月、私も八十歳となり、書き散らした歌をまとめてみようかという気持が動いた。

広州在住の頃、母から国際便で送られてきた『辺境の星』を椰子の木蔭で幾度読んだことだろう。雁部貞夫先生との出会いから、母子でアララギに関ったご縁を有難く思うばかりだ。

現代短歌社の道具武志氏、今泉洋子氏からは歌集上梓まで的確な助言をいただいた。

表紙カバーの写真は中国・シルクロードの旅で出会った羊飼いの家族を撮っ

たもの。今後も身辺に遭遇する自然界のあれこれを詩的なレンズを通してことばに残してゆきたいと思う。

二〇一四年九月

豊田育子

著者略歴　豊田育子

・一九三四年　東京足立区末広町に生まれる。千寿第五小学校入学。一九四一年太平洋戦争始まる。茨城県行方市北浦に疎開し山田小学校に通う。一九四五年終戦後帰京。江戸川区瑞江小学校卒業。都立第七高等女学校入学。その後改称された都立小松川高等学校卒業。東京女子大学卒業。

・一九五六年　豊田喜久蔵と結婚。父母創設の真福寺内みづえ保育園に保母勤務の後、国語教師となる。江東区立亀戸第二中学校。江戸川区立瑞江中学校。都下大島町立第三中学校に勤務。一九七四年退職。二男二女、孫八人。

・一九八〇年　真言宗豊山派護国寺にて得度の儀を受ける。自宅にて書塾経営。

・一九九二年より日本語教師として中国吉林省長春、東北師範大学、一九九六年より広東省広州、中山大学に勤務。一九九七年帰国。

・中国各地の旅の写真に短歌を添えた作品を展示（一九九七年・江戸川区文化センター・区内写真クラブ合同展「フォト機構展」）

写真短歌集「吐魯番能空《トルファンのそら》」出版。
アララギ入会、一九六五年より出詠
一九九八年より雁部貞夫に師事
新アララギ会員　林泉会員
毎日書道会会員　江戸川区書道連盟常任理事
日本書道院審査員　書道会「祐正社」事務局長
俳誌「一滴会」同人

歌集 遊牧民《ノマド》の如く

平成26年10月 2 日　発行

著 者　豊 田 育 子
〒134-0015 東京都江戸川区西瑞江4-16-7
電話 03-3652-2644
発行人　道 具 武 志
印 刷　㈱キャップス
発行所　**現代短歌社**

〒113-0033 東京都文京区本郷1-35-26
振替口座 00160-5-290969
電 話 03 (5804) 7100

定価2500円（本体2315円＋税）
ISBN978-4-86534-048-8 C0092 ¥2315E